넌 안녕하니

# 넌 안녕하니

소노 아야코 에세이　　　　오경순 옮김

책읽는고양이

꽃은 누구에게나 핀다.
봄은 어디에든 온다.
내가 믿을 수 있는 건 오직 그 사실뿐이다.

차례

**1부. 나의 안부를 묻는다**

15_인정받고 싶은 마음

16_시간과 돈

17_한계라는 건 비참한 것도 뭣도 아니다

19_나만 불행한 건 아니다

20_프로란 일벌레만으로 되지 않는다

21_열등감을 대하는 자세

22_겉치레와 속내가 공존한다

23_겉치레는 의존하는 마음

25_세상 사람의 눈과 나

27_어떤 인생도 아름답다

28_그것이 아니면 안 된다는 생각

29_자신의 모습을 지킨다는 것

30_내면의 깊이

31_스스로를 발견하는 경험

32_자신감이 있을까, 없을까

33_어떤 재능도 도움이 된다

35_좋아하는 일을 한다

37_어떻게 생각한들 상관없다

38_눈치 보지 않는다

39_별들 하나하나에 이름이 있다

41_자각이야말로 인간적

43_때론 움츠리고 때론 사과한다

45_저마다 척도가 다르다

47_한 사람 한 사람이 특별하다

48_편향된 구석이 있게 마련이다

49_나름의 의미가 있다

51_말로만 정의롭다

52_정의란 함부로 판단하기 어렵다

53_조급해하지 않는다

54_방향성을 본질에 둔다

55_죽고 싶을 때는 일단 굶어본다

57_의욕이 나지 않을 때는 푹 쉰다

## 2부. 관계의 안부를 묻는다

61_타인을 이해하기란 불가능하다

62_그냥 내버려둔다

63_실수해도 괜찮아

64_어떤 사정이 있겠지

65_긴장한다는 것

67_쓸모없는 사람은 없다

68_하수

69_용서를 빌게 하는 것

70_누설하지 않는다

71_ 'No' 라고 말할 수 있는 사람

73_마음에도 없는 거짓말 하나쯤 한다

74_남의 말이란

75_대화의 성실한 자세

76_마음의 문이 열리는 순간

77_장점의 발견

78_부부라는 인간 관계

79_부모와 자식

80_긍지를 가지게 하는 것

81_해주지 않는다고 불만 갖지 않는다

83_꿰뚫어본다

85_타인을 대하는 자세

87_지금 내 앞에 있는 사람

88_나쁘면서 좋다

89_싸우지 않는다

91_원망했던 사람

92_화가 나면

93_약하니까 강한 척한다

94_대부분 모른다

95_가볍게 생각한다

97_정의보다는 친절
98_한 마디 말의 배후
99_용서한 것처럼 행동한다
101_손해본다
102_숲 속 한 구석에 서 있는다
103_사랑, 형식부터라도
104_돕는다는 것
105_마음으로 한다

**3부. 적당히 한다**
109_마음대로 되지 않는다
111_어떻게든 끝까지 한다
112_다 잘하려는 마음을 버린다
113_바로 결정하지 않는다
114_매사 적당히
115_도피도 생각해둔다
116_직시한다
117_완벽할 수 없다
118_둔감한 게 좋을까 민감한 게 좋을까

**4부. 지금이 소중하다**
123_시간이 가장 잔혹하다
124_다 본인 책임이다

125_천천히 멈춰 선다

126_이러나 저러나 힘들다

127_집안일을 한다

129_아침이라는 것만으로

130_시간만큼은 조작할 수 없다

131_지금 이 순간

132_조금씩조금씩 준비한다


**5부. 평온해진다**

137_죽었다고 생각해본다

138_돈이란

139_잃어버린다

140_육체적 불편

141_부당한 운명을 만날 때

142_불행은 피하면 더 힘들다

143_행복을 감지하는 능력

144_다면성을 인정한다

145_사이가 안 좋은 부모

147_결핍은 공평하다

148_기다리는 길모퉁이에는 결코 안 나타난다

149_대부분 가짜다

150_결혼식과 장례식

151_화보다 친절이 더 무섭다

152_평판 따위는 신경쓰지 않는다
153_없어서는 안 되는 두 가지
155_권선징악이 아닌 결말
157_잊어버린다
158_신의 선물
159_영혼을 믿는다면

## 인정받고 싶은 마음

　남보다 뛰어나다고 인정받고 싶은 마음은 남보
다 뛰어나고 싶은 마음과 다르다. 거기에는 자신의
판단은 없고 남의 평가만이 있을 뿐이다. 남이 원하
는 것에 자신을 맞추려 드는, 눈물겨운 애처로움이
있다. 하지만 핵심은 '자기 삶에 대한 주체성의 상
실'이다.

## 시간과 돈

정의감은 없으면 곤란하지만 넘쳐나도 사람을
경직시키는 면이 있다. 반면 권력과 돈은 있으면 있
는 만큼 독을 지니게 된다. 그러므로 별로 부러워할
일도 못 된다. 주어진 범위 내에서 내가 주인이 되어
시간과 돈을 쓰는 것이 가장 행복한 일이다.

## 한계라는 건 비참한 것도 뭣도 아니다

'하면 된다'는 말에는 일종의 우쭐함이 깔려 있다. 모든 사람은 노력 여하에 따라 자신의 가능성을 더 넓힐 수 있다고 하지만 분명 한계는 있다.

한계라는 건 비참한 것도 뭣도 아니다. 그 사람이 한평생 살아가는 데에는 자신이 바라는 부분과 신이 내려준 소명이 있기 때문이다. 그 접점에서 살아가는 것이 가장 현명한 방식이다. 그런 사고방식이라면 게으름을 피우지도 무리하지도 않게 된다.

무리하지 않고, 자신의 인생을 가능한 한 편안하게 생각하는 데 익숙해지면 화를 낼 일도 없다. 무엇보다 벌컥 화를 내거나 원망하는 일이 없으면 인생의 깊이를 볼 수 있어 삶 자체가 즐거워진다. 슬픈

일이 있어도 즐거울 수가 있다. 그러한 이면을 납득
하고 이해하게 되면 감사하게 되고 인생의 밝은 면
을 볼 수 있다.

## 나만 불행한 건 아니다

사람은 언제 웃는가 하면 자신의 모습이 거울에 비쳐진 듯한 진실을 감지했을 때 무심코 웃게 된다. 진실을 차분히 들여다볼 때 사람은 자신뿐만 아니라 세상에도 그와 비슷한 일그러진 인생이 있음을 깨닫고는 마음이 편안해지고, 해방된 기분이 든다. 자기 혼자만 불행하다는 생각에 사로잡히지 않고 자기도 모든 사람 중의 한 사람이라 생각할 수 있다.

프로란 일벌레만으로 되지 않는다

프로란 소위 일벌레만으로는 되지 않는다. 마음 속에 항상 새로운 비전을 간직해야 한다. 그만큼 진정한 프로는 갈등하고 고심하게 마련이다. 그럼에도 자신의 고심을 결코 외부에 드러내지 않고, 결과에 대해 핑계도 대지 않는다.

아무것도 모르는 사람은 단지 겉모습만을 보고 그 사람의 '인간다움'을 판단하려 한다. 그러나 한 인간이 겪는 내면의 괴로움 등을 타인이 알 턱이 없다. 타인에게 이해받지 못하는 전투일지라도 홀로 진리에 맞서 외롭게 싸우는 자가 프로일 것이다.

## 열등감을 대하는 자세

자신은 남들보다 열등하기 때문에 가망이 없다고 생각하는 사람들이 있다. 이들은 늘 자신감 없는 태도를 취한다. 그러나 세상은 절대 그렇지 않다.

병에 걸렸더라도, 몸이 좀 불편하더라도, 가난한 집안에서 태어났더라도, 잘생기지 않았더라도, 키가 크지 않더라도, 머리가 나쁘더라도, 당당하고 인간적이고 명랑하며 그중에는 애교까지 넘치는 훌륭한 인물을 나는 종종 만나왔다.

누구든 몸의 어느 부분이 안 좋고 실의에 빠져 술이나 노름으로 현실을 잊고 싶은 때는 얼마든지 생긴다. 그 괴로움에 그대로 머물러 있을 것이냐 극복하느냐의 차이뿐이다.

## 겉치레와 속내가 공존한다

인간 사회는 결코 단순하지 않다. 겉치레적인 면과 속내가 공존한다. 사람의 말에도 내막이 있고 그 내막의 내막이 있다. 내막이 있어 인생은 보강된다. 내막이 없으면 금방 허물어질 것이다. 그렇기 때문에 겉마음을 말하는 것은 상관없지만, 속마음을 자각하지 못한다면 금방 허물어질 것 같은 기분이 된다.

모든 존재는 눈부시게 빛나는 면과 잔악한 면을 동시에 갖고 있다.

## 겉치레는 의존하는 마음

겉치레만큼 인간을 진실에서 멀어지게 하고, 따분하고, 생경하고, 참담하며, 추하게 만드는 것도 없다. 겉치레를 좋아하는 사람에게는 자신도 보이지 않고, 인생도 보이지 않고, 타인을 알 수도 없다. 인간의 모습을 하고 있지만, 눈도 귀도 두뇌도 활동하지 않는 것과 마찬가지이다.

겉치레는 의존심에서 나온다. 어떤 물건이 자신에게 정말 필요한지 아닌지 생각해보지도 않고 남이 사니까 나에게도 필요하겠지 하고 판단하는 것. 겉치레는 이렇듯 타인의 판단에 의존하려는, 일종의 열정으로 지탱되는 것이다. 그렇기 때문에 겉치레는 얼핏 보기엔 순종이다.

아이의 진로 결정도, 생활방식도, 성생활도(이것
은 처음엔 믿지 않았지만 여성지에 써 있는 대로 실
행하는 데 정열을 쏟는 사람이 실제로 있다고 어떤
사람이 알려주었다.) 그 모든 것도 남들은 어떻게 하
고 있을까, 남들보다 뒤지면 안 되는데 하는 열정에
의해 움직인다.

## 세상 사람의 눈과 나

반듯한 가정에서 자랐으며 재산도 있고 학력도 좋은 사람과 결혼하고, 집도 마련하고, 아이도 태어나고, 배우자는 출세가도를 달리고 있고, 무엇 하나 부족함이 없다. 여기서 사랑해서 결혼했다는 것은 착각으로 실은 꽤 실속 있는 상대와 결혼해 득을 보고자 한 것에 지나지 않는다. 그 이후는 세상 사람들의 칭찬을 듣기 위해 집을 가꾸고 아이의 학교를 선택했다. 뭐든 평가 기준이 되는 것은 세상 사람의 눈이며, 나 자신의 마음은 없었다. 이것으로 충분하다! 이제 나답게 살고 싶은데, 어떻게 하면 좋을까.

스스로 마음에서 우러나는 외침을 느끼는 건 바로 이럴 때이다. 타인이 좋다고 여기는 것을 삶의 목

적으로 삼는 이상 그 사람은 더 이상 살아 있는 것이
아니다.

## 어떤 인생도 아름답다

나는 소설을 쓰면서 인간의 마음은 언뜻 봐서는 알 수 없으며, 어떠한 삶도 필사적이라는 것을 깨달았다. 밖에서 일할 운명인 사람도 있고, 집에 있으면서 그 역할을 다하는 주부도 있게 마련이다. 각자 주어진 소명을 다부지게 받아들이며 인생에 정면으로 맞서는 모습이 아름답다.

## 그것이 아니면 안 된다는 생각

내가 계속 소설을 쓰든 못 쓰게 되든 상관없다. 최후에는 모든 것을 그만두고 감자나 재배할 생각이다. 감자 농사가 아니라 다른 육체 노동을 해도 상관없다. 어떻게 살아도 나다운 삶의 방식이니까.

그러나 가령 의사가 아니면 안 된다든지 혹은 이미 의사인 사람이 자기는 의사가 아니면 살 수 없다든지 하는 한 가지 삶의 방식밖에 모르는 것은 왠지 딱하게 느껴진다. 어떤 일이든 그것이 아니면 안 된다고 하면 모든 게 어려워진다.

## 자신의 모습을 지킨다는 것

한쪽 구석에서 조용히 살아간다는 것은 자신의 페이스와 목표를 잃지 않는 일이다. 전시 중이든 지금처럼 평화로운 때든 그 정도로 인간답고 대단한, 그러면서도 의외로 어려운 생활 방식은 없다.

무럭무럭 잘 자란 푸르른 미나리보다 오그라들고 땅바닥에 바싹 달라붙은 듯한 미나리가 더 향기롭다는 것은 어쩌면 인간의 경우에도 해당되지 않을까.

## 내면의 깊이

음악을 들으며 깊이 감동하고, 글을 읽으며 가슴 설레곤 한다. 이유는 다 마찬가지다. 그 속에서 인생을 발견하고 스스로 심오해지는 듯한 느낌이 들기 때문이다. 물론 착각일지도 모른다.

내면의 깊이는 학력이나 지위와 무관하다. 얼마만큼 인생에 감동했느냐에 달려 있을 뿐.

## 스스로를 발견하는 경험

종종 인간은 건강이 아닌 질병 중에 생각이 깊어지고, 편안함이 아닌 역경에서 인내력을 얻으며, 칭찬이 아닌 비난에서 스스로를 발견하는 경험을 한다.

누구라도 자연스럽게 자신에게 주어진 상황을 직시하고 거기에서 의미를 발견할 수 있다면 이 세상에서 실패한 인생이란 없을 것이다. 결국 모든 사람이 경쟁 대상이나 적대자가 되는 일 없이 각자의 존재를 평가하며 감사하고 기뻐할 것이다.

## 자신감이 있을까, 없을까

　자기 긍정과 자기 부정은 양쪽 모두 중요하다. 자기 긍정만 하는 사람도 꼴불견이지만, 자기 부정뿐이어도 살아갈 수가 없기 때문이다. 나는 자신감을 잃을 때에도 정색하고 자신 있는 태도를 취한다. 당당한 태도를 취하면서도 속으로는 '실은 자신만만하지 않은데…' 하는 생각을 한다. 아마 이 글에서도 나의 두 얼굴이 서로 번갈아가며 살짝살짝 내비칠 것이다. 자기 긍정 일색의 얼굴도 추하지만, 자기 부정 일색의 표정 역시 불쾌하기는 매한가지다. 그렇다면 어떻게 살아가야 할지 막막하므로 나는 모순된 이 두 가지 약점을 추악한 하나의 얼굴로서 자연스레 내비치게 하는 수밖에.

## 어떤 재능도 도움이 된다

    다른 사람을 차별하는 행위는 인생에서 실패한 사람이나 하는 짓이다.

    특별히 사장이나 장관이 못 되었다고 실패했다고 하지는 않는다. 자신의 특성을 알고 주어진 능력의 한계를 자각하며, 모든 재능은 반드시 사회에 도움이 된다는 신념으로 자신의 좁은 발밑을 확고하게 디디고 서 있는 사람이라면 모두 성공한 사람이다. 그러므로 그런 것을 전혀 인식하지 못하는 사람이 곧 실패자다.

    그런 의미에서 성공한 사람은 세상에 얼마든지 많다. 이들은 타인을 비난하거나 부러워하거나 사과하라고 요구하지 않는다. 그렇기에 차별하는 사람이 오히려 '패배자' 가 되는 셈이다.

## 좋아하는 일을 한다

일이란 역시 자기가 좋아해야 이룰 수 있다. 도락 (道樂)이라는 말도 있지 않은가. 도락이 '도(道)를 편하게' 하는 것인지 '도(道)를 즐겁게' 하는 것인지 그 의미를 잘은 모르겠지만…. 남편은 '도를 즐겁게' 하는 거라 하고, 나는 '도를 편하게' 하는 거라고 생각한다. '즐겁게' 하는 쪽이 맞다고 생각하지만, 나는 힘든 일이 싫고 뭐든지 편안한 일이 좋아 이것저것 따지지 않고 얼른 그렇게 생각하곤 한다.

자신에게 주어진 일만을 마지못해 의무적으로 하면 그 일을 하는 내내 힘들기만 할 뿐이다. 그 일을 어떤 식으로 해야 편할지 즐거울지는 잘 모르겠지만 좋아서 하는 사람만이 그 일에 안정되고, 뭐랄까, 그 일로 얻는 보수 등과는 상관없이 즐거움을 만끽할 수 있다.

## 어떻게 생각한들 상관없다

　나도 젊었을 때에는 좀 특별해 보이는 물건이 갖고 싶은 때도 있었다. 장식이 없으면 왠지 체면이 안 서는 듯 느껴지기도 했고. 하지만 이 정도 나이가 되니 남들이 어떻게 생각한들 다 상관없게 되었다. 나 자신 이상으로 보이든 이하로 보이든 그런 것은 보는 사람 마음이니까.

## 눈치 보지 않는다

자기와 다른 생각이나 행동을 존중해주는 사람은 드물다. 그렇기 때문에 남과 다른 말이나 행동을 할 때면 주위로부터 비난을 받을까봐 눈치를 보게 되는 것도 사실이다.

멋이나 패션에는 첨단 유행 감각을 가진 사람이 실로 많지만, 자기만의 '생각이나 행동'에 비중을 두는 사람은 참 드물다. 진정한 '멋'이란 고독한 싸움에 의해 가까스로 성취되는 것이며, 누구나 다 지닐 수는 없다.

## 별들 하나하나에 이름이 있다

스미스소니언 천체물리 천문대가 발행하는 천체 지도를 보면 세다가 까무러칠 정도로 무수히 많은 별들이 있다. 물론 그 천체 지도를 만든 이가 신이 아닌 인간이기 때문에 그래 봤자(!) 26등성 정도의 별만이 기입되어 있을 뿐이다. 그보다 더 작은 별들도 무수히 많을 것이다. '별처럼 많다'는 표현은 내가 생각하는 이상으로 설득력이 있음을 그때 알 수 있었다.

신이라면 그런 별들 하나하나에도 이름을 부여할 수 있을 것이다. 그것은 아무리 보잘것없는 자, 맨 밑에 있는 자, 말 없는 자라도 결코 소홀히 대하지 않는다는 의미일 것이다. 아무리 미미한 존재일지라도 당당하게 이름을 가질 수 있다는 말이 된다.

인간이 다른 사람을 대하는 섭리도 이와 같아야할 것이다. 목소리 큰 자, 한가운데에 있는 자에게만이름을 부여하는 인간의 마음이 나는 싫다. 그것이가장 추하다. 그 눈은 내 눈처럼 비뚤어져 있다.

힘 있는 자는 그냥 내버려둬도 상관없다. 우리가마음을 주어야 할 대상은 오히려 현재 힘을 잃고 불우한 상황에 처한 사람들이다.

우리는 운명이라는 당직을 교대로 근무하고 있을 뿐이다. 현재 빛나고 있는 별(사람)과 그렇지 않은 것 사이에는 본질적인 차이가 전혀 없다.

## 자각이야말로 인간적

불륜은 분명히 말하건대 주변 사람에게 폐를 끼치는 행위이다. 현실적으로 여러 가지 해결하지 않으면 안 되는 문제가 많기 때문이다. 그래도 자각이라도 하면 다행이다. 이 시대의 경박함과 슬픔은 '자각이 없다'는 점에 있다. 인간다움이란 도덕적으로 자각함을 의미할 터인데….

예전에 텔레비전에서 한 여자 연예인이 말했다. "좀도둑질은 누구나 해보지 않았을까요."라고. 좀도둑질은 좋은 일은 아니지만 만일 우리 집에 돈이 없을 때 우리 아이가 좀도둑질을 감행할지도 모르는 일이다. 그것이 나쁜 짓이라는 강렬한 자각이 있는 한 인간적이다.

하지만 "좀도둑질은 누구나 다 해요."라고 말한
다면, 그럼 장사는 어떻게 할 수 있을까.

인간은 누구나 나쁜 일도 하고 실수도 한다. 단지
그것을 의식하고 거기에 뭔가 제동이 걸릴 때 그것
은 더할 나위 없이 인간적이다.

## 때론 움츠리고 때론 사과한다

여러 해 동안 시달려왔던 조울증과 불면증이 완치된 이후부터 치열하고 생동감 있는 인생을 살게 되었다. 속박당하는 것을 당연하게 생각하고, 세상 사람이 어떻게 생각하더라도 내 책임의 범위 안에서 하고 싶은 것을 하기로 마음먹었다.

지금의 나는 극히 자연스럽고 솔직하게 살려 한다. 실패했을 때는 움츠리고 '사람이니까 이럴 수도 있지' 하며 스스로를 타이른다. 꾸지람을 들으면 진심으로 사과하고, 그래도 상대에게 준 마음의 상처가 치유되는 데는 시간이 필요하므로 그저 시간이 흘러가기를 기다린다. 상대도 나도 언젠가 죽게 되므로 반드시 해결될 거야 하는 생각도 없지 않다.

별로 좋은 태도는 아니지만 이렇게 생각하면 조울증에도 불면증에도 걸리지 않는다. 결국 나는 세상과 나의 부족함을 받아들인 것이다.

## 저마다 척도가 다르다

척도란 사람마다 각각 다른 것이 당연하다.

올해도 우리는 장애인과 함께 이집트의 시나이 산을 등반했는데, 산꼭대기까지 오른 맹인이 몇 명 있었던 것에 비해 참으로 안타까웠던 것은 휠체어를 타는 사람들이었다. 제 아무리 노력해도 수천 개의 울퉁불퉁한 돌계단을 도저히 오를 수는 없는 노릇이다. 그러나 매년 이 여행으로 걸을 수 있는 거리를 늘리고 돌아가는 사람은 많다.

3미터밖에 걸을 수 없던 사람이 100미터를 걸었다면 그것은 에베레스트에 오른 것과 마찬가지일지도 모른다.

사람에게는 저마다의 정상이 있다. 우리가 받는

기부에는 종종 편지가 동봉된다. 큰 금액이든 적은 금액이든 기부한 사람의 마음이 담겨 있어 나는 저마다의 산정 소감을 듣는 마음으로 감동하고 있다.

## 한 사람 한 사람이 특별하다

　신은 인간을 인권이나 평등을 기본으로 대우하지는 않는다. 한 사람 한 사람을 선택해서 깊이 사랑하고, 한 사람 한 사람의 차이를 세세하게 마음에 유념하고, 한 사람 한 사람에게 가장 적합한 임무를 부여하는 듯하다.

　신은 모든 사람을 평등하게가 아닌, 각자의 개성에 따라 소중하게 선택한다. 그러므로 한 사람 한 사람이 신과의 사이에서는 특별한 존재이다. '그 외의 다수'로서 평등하게 취급받지 않는다.

## 편향된 구석이 있게 마련이다

누구나 어디 한 부분쯤은 편향된 구석이 있게 마련이다. 그러므로 아이가 성장하는 데 꼭 필요하다는 것들에 그다지 얽매일 필요가 있을까 하는 생각을 요즘 들어 하게 된다. 물론 양친 모두 있고 가족 모두 건강한 집안이라면 바람직하다. 거기다 부모가 가능한 한 아이의 교육에 깊이 관여하고 노력을 기울인다면 말할 것도 없다. 하지만 편부모라면 편부모만의 묘미가 있을 것이고, 아버지가 환자라면 그 나름대로 훌륭한─이런 말투는 좀 이상하지만─농후한 현실이 있게 마련이다. 이것이 아이를 독특하게 키우는 방법이라는 생각이 든다.

## 나름의 의미가 있다

'인생은 원더풀(wonderful)'이라고 한다. 원더풀이라는 단어는 '훌륭한' 또는 '멋진'이라는 뜻도 있지만 '경탄할 만한', '불가사의한'이라는 뜻도 있다. 따라서 인생이 원더풀하다는 것은 '인생이란 불가사의하고 경탄할 만한 일들로 넘쳐난다'는 의미가 된다.

따라서 인생은 늘 예측하기 힘든 일들로 넘쳐난다. 그것이 멋진 일인지 어떤지는 나중 문제.

누구나 자신이 생각지도 못한 길을 걸어가기도 하지만, 이러면 이런 대로 저러면 저런 대로 그 나름의 의미를 깨달았다면 그의 인생은 원더풀이라 할 만하다. 그런 사람이 바로 성공한 사람이다. 이러한 경지에 도달하기까지는, 자연스레 되어가는 대로 순응하는 것이야말로 '성공의 열쇠다', 하는 마음가짐이 큰 힘을 발휘한다.

## 말로만 정의롭다

자신은 절대 위험에 가까이 가지 않고 가난도 불결도 노숙도 공복도 바람맞음도 기다림도 더위도 추위도 무엇 하나 체험하지 않으며, 텔레비전 화면만으로 사람들의 어려움을 보려는 것. 그것이야말로 정말 불결한 정신이다.

## 정의란 함부로 판단하기 어렵다

정의는 최종적으로는 인간이 평가할 수 없는 것이다. 정의 또한 인간의 평가에 맡기면 대개 이기적으로 변질된다. 자신의 기호에 맞으면 정의이고 그렇지 않으면 악이라는 논리와 마찬가지가 된다.

정의란 세상 사람이 풍문이나 평판으로 판단하는 것과는 거의 관계가 없다. 정의란 드러나지 않는 심적 드라마이다. 사람들이 정당하다는 것도 신의 안목으로 보면 어딘가에 권력을 좇거나 비겁하게 계산하는 행위도 있고, 세상 사람 모두 반대하며 탄압하는 쪽에서 행동해도 그 행위가 바로 신이 기뻐하는 경우도 있다.

## 조급해하지 않는다

뜰에 서면 언제나 작은 감동이 밀려온다. 나는 늘 나의 장래를 어느 정도는 계획하고 다소 노력함으로써 방향을 결정지으려는 스타일이다. 그러나 이 나무들은 어떤가. 그들은 나의 조급함이나 불안감은 아랑곳하지 않고 결코 조급해하지도 않았다. 그들은 열매 맺는 데 걸리는 시간만큼 기다렸다. 그것이 대자연의 순리일 것이다. 라일락은 작년에 더 이상 꽃이 피지 않으면 뭔가 잘못됐다고 생각하던 차에 일년 늦게 꽃을 피웠고, 키위는 3년째가 되면 한 그루당 수백 개씩 열린다고 기술된 책도 있었지만 4년째 되는 해에 겨우 네 그루의 암나무에 100개 정도가 열렸다.

## 방향성을 본질에 둔다

예전부터 나는 신의 관점에서 바라본 인간 행위의 평가는 이 세상의 상식과 반드시 일치하지 않는다는 것을 철저하게 배웠고, 또 그것에 동감한다.

어떤 사람의 선행을 세상 사람이 인정하더라도 그 사람의 속마음을 알고 보면 결코 신이 기뻐할 행동이 아닌 경우도 있다. 반대로 세상에서 완전히 버림받더라도 신의 안목에서 보면 잘못된 것이 아닌 경우도 있다.

물론 신과 인간 양쪽 모두가 기뻐할 수 있는 경우도 있지만, 대부분 양쪽의 평가에는 어느 정도 차이가 있는 게 보통이다. 그러므로 정말 우리가 두려워하지 않으면 안 되는 쪽은 신의 관점뿐이다.

죽고 싶을 때는 일단 굶어본다

한때 나는 날마다 죽음을 생각했었다. 시력 장애란 잠자는 시간 외에는 싫어도 그 사실을 본인에게 끊임없이 상기시킨다.

버스를 타고 앙카라로 향하던 때였다. 나는 점점 배가 고파져서 도중에 산 캐슈너트를 무릎에 놓고서 껍질을 까먹고 있었다. 앙카라에 가까워오자 소나기가 퍼붓기 시작했는데 길 여기저기에 물웅덩이가 생겨 호텔 도착 시간은 점점 지연되었다.

나는 문득 깨달았다. 공복을 느끼기 시작한 이래 나는 한 번도 죽음을 생각하지 않았다.

어떻게든 죽고 싶은 사람은 그 전에 2~3일 정도 단식을 해보는 것도 좋겠다는 생각이 들었다. 어차피 죽을 생각이라면 단식쯤이야 일주일이든 열흘이든 가능할 테니. 공복 상태가 되면 인간은 생명의 법칙에 따르게끔 되어 있다. 요즘은 굶주림이 흔치 않다. 개인적·사회적 상황이 이렇기 때문에 인간에게는 응석이 생겨나 '자살을 꾀하는 여유'도 생겨나는 것이다. 나 또한 죽음을 이 시력 장애의 해결책으로 생각하고 한 시간에 한 번 정도는 죽음을 생각하고 있었던 것이다.

## 의욕이 나지 않을 때는 푹 쉰다

자신의 불행이 부당하다고 생각하는 사람을 보면 모두 몸 어딘가가 안 좋지 않나 하는 생각을 하게 된다. 나 자신도 평소에는 그다지 신경질적이지 않지만 몸 상태가 조금 나빠지기라도 하면 아무것도 아닌 일에도 화가 나고 '정말, 나는 재능이 없는 게 아닐까.' 하며 낙심하기도 한다. 바보 같은 얘기지만 재능이란 하루 아침에 없어지거나 생기는 것도 아닌데, 소설 쓰기가 싫어진다. 그렇게 되면 왠지 여유롭고 평온한 기분으로 있을 수가 없다. 다행히 나는 이럴 때의 나를 잘 알고 있으므로 '한 2~3일 푹 자고 몸이 좋아지면 그때 가서 다시 화를 내든지 실망을 하든지 하자.' 고 마음먹는다.

2부

관계의 안부를 묻는다

## 타인을 이해하기란 불가능하다

  타인을 이해하기란 불가능하다. 이것은 이미 천지개벽 이래로 틀림없는 사실이지만, 어찌된 일인지 사람들은 그럴 마음만 있다면 이해할 수 있다고 굳게 믿고 있다.

  어느 누구의 탓으로 이렇게 됐다는 말을 많이들 한다. 하지만 이를 너무 내세우기 시작하면 모든 것이 다 남의 탓이 되고 만다. 외부적인 자극으로 하나하나 변한다고 주장한다면 나 자신은 없는 것과 다를 바 없다.

## 그냥 내버려둔다

어떤 사회라도 나를 정당하게 봐주지 않는 사람은 반드시 있게 마련이다. 나를 과대평가해주는 사람도 가끔은 있고 나를 철저하게 미워하는 사람도 있다.

따돌림을 받거나 미움을 받거나 하면 그냥 그대로 내버려두자. 가능하다면 멀찌감치 물러서서. 누군가의 마음을 변화시키려 드는 것만큼 힘든 일도 없다.

상대의 기분을 거슬릴 일도 없지만, 그대로 놔둔다 해도 나 자신의 본질은 그다지 변할 리가 없으니까.

## 실수해도 괜찮아

전문가가 학문적인 온갖 지식을 동원하더라도 인간의 예측은 빗나가기 일쑤다. 하물며 전문가도 아닌 우리들의 사사로운 인생 계획이 마음대로 되지 않는 것이야 당연한 일 아닐까. 그러니 실수해도 상관없다. 우리는 살아가면서 나도 실수하고 상대도 실수한다. 그러니 서로 용서하기로 하자.

## 어떤 사정이 있겠지

　　나이를 먹으면 '인생의 내면'이나 '내면의 내면' 혹은 '또 그 내면'을 자유자재로 생각하며 즐길 수 있다. 자신이 점점 분열되니까 다른 사람도 아마 그 정도로 외면과 내면이 다르지 않을까 하고 짐작할 수 있게 된다. 그러면 상대에 대한 기대나 존경심도 늘어날 것이다.

　　나이를 먹는 것에 대한 비참한 얘기들만 들리지만 재미가 깊어지는 일도 있는 법이다.

# 긴장한다는 것

긴장은 무엇인가.

그것은 본래 야수가 먹이를 노리는, 혹은 적의 습격으로부터 몸을 보호하기 위한 자세이며 본질적으로는 결코 고급스러운 것도 이상한 것도 아니다. 달리 말하면 타인의 존재를 인식한 순간 나타나는 극히 자연스런 동물적 반응이다.

긴장하면 몸속에서 피가 넘쳐흐를 것 같은 느낌이 들지만 그것도 상대에 따라 넘치는 정도가 다르다. 종종 속속들이 아는 친구와 만날 때의 긴장은 일면식도 없는 연장자와 격식을 갖춰 만날 때의 긴장과는 질적으로 다르지만 양쪽 다 긴장된다는 것은 틀림없다.

그것은 한 걸음 더 나아가 우리가 타인과의 관계에서 타인의 마음속에 자신을 인식시키려는 시도의 확인이기도 하다.

타인은 얼마나 나 자신을 키워주는 존재인가. 우리는 결코 혼자서는 조금도 완성할 수 없다. 거부당하고, 미움 받고, 몹시 괴롭힘 당하고, 때론 사랑받고, 구원받고, 칭찬도 받는 과정을 통해 겨우 한 인간으로 완성해나간다.

## 쓸모없는 사람은 없다

이 세상에 쓸모없는 사람은 단 한 사람도 없다.
좋아할 수 없는 사람은 어차피 생기게 마련이지만
그 사람을 쓸모없다고 생각하는 것은 오만이다.

하수

자신과 반대 입장을 고수하는 사람을 용서하지
못하는 이도 하수다.

## 용서를 빌게 하는 것

상대에게 용서를 빌게 할 정도라면 그냥 뒤에서 몰래 모멸하는 편이 현명하다는 생각이 든다.

## 누설하지 않는다

나는 비교적 개인 상담을 자주 해주는 편이다. 이유는 단 한 가지다. 다른 사람에게 누설하지 않으니까. 그것이 내가 지금까지 우정을 유지해온 비결이다.

## 'No' 라고 말할 수 있는 사람

　'No' 라고 말할 수 있는 사람은 이세상을 살기가 얼마나 편할까. 'No' 라는 말은 결코 상대방을 거부하거나 심술을 부리는 게 아니다. 대부분의 경우 그것은 서로의 입장이 다름을 확인하는 것일 뿐.

　'No' 를 말할 수 있는 사람은 당연히 'Yes' 를 말할 수 있는 사람이다. 친구로부터 무언가 부탁받았을 때 경우에 따라서는 그다지 손쉽게 들어줄 수 있는 성질이 아닐 수도 있다. 가끔은 자신이 다소 불편하고 어려움을 겪거나 불이익을 감수하면서도 받아들인다. 그것이 진정한 'Yes' 인 것이다.

　이런 것이 아니라면 상대방이 언짢아 하더라도 'No' 라고 거절할 줄 알아야 한다. 상대방에게 싫은

소리도 듣고 싶지 않고, 손해도 보고 싶지 않아 어정쩡하게 구는 사람을 보는 것만큼 씁쓸한 일은 없다.

## 마음에도 없는 거짓말 하나쯤 한다

　혹 마음에 어떤 슬픔이 있더라도 고개를 떨구지 않고 어느 때처럼 등을 쭉 펴고 걷고, 보통 때처럼 마냥 먹고, 모르는 사람을 만나도 미소 지을 수 있는 것. 그런 것이야말로 빛나는 나이듦 아닐까. 나이를 헛먹은 것이 아니라면 마음에도 없는 거짓말 하나쯤은 할 수 있어야지…. 속마음과 외면의 괴리를 가능하게 하는 것이 바로 인간의 정신력이다. 이를테면 '다부짐'이라 표현할 수 있겠지.

## 남의 말이란

타인에 대해 잘 알지 못한다고 자각하는 사람은 극히 드물다. 대부분은 얼마 안 되는 데이터를 근거로 타인에 대해 무한정 말을 늘어놓는다. 그럴수록 점점 더 사실에서 멀어져만 간다.

## 대화의 성실한 자세

'대화'는 인생의 크나큰 쾌락이다. 누구와도 10분 이내에 마음이 담긴 대화를 나눌 수 있으려면 나름의 성실한 자세가 필요하다. 자신의 생애를 직시하지 못하는 사람이나, 타인의 생각이 두려워 자신의 속마음을 꺼낼 용기가 없는 사람 모두 대화의 진정한 묘미를 모르는 채 끝나버리고 만다.

## 마음의 문이 열리는 순간

　사랑받고 있는지 아닌지는 틀림없이 과대평가하거나 과소평가한다는 의미이다. 그러므로 계산해봤자 어쩔 도리가 없다. 다 자신이 계측기의 바늘을 적은 쪽으로나 많은 쪽으로 흔드는 일을 하기 때문에.

　마음속 깊이 어떤 사람과 가장 잘 맺어지는 순간은 그 사람이 나를 정당하게 이해하고 평가해줄 때이다. 그렇게 되면 나도 모르게 그 사람이 좋아진다. 속이 빤히 들여다보이는 겉치레 말은 신뢰를 깨뜨리지만 다른 사람이 미처 보지 못한 점을 발견해준 사람에게는 마음을 터놓게 된다.

## 장점의 발견

타인의 장점을 발견하는 것은 재능이다. 단점은 누구나 눈치챌 수 있다. 그러나 장점을 발견하고 주위에 알려 칭찬하는 일은 저절로 되는 게 아니다. 좀 더 적극적이고 의식적으로 해야 한다. 장점의 발견은 아부나 치켜세움과는 근본적으로 다르다.

아부는 실체가 없는 대상에 대한 발언에 불과하지만, 장점을 발견하여 칭찬하는 일은 쉽지 않다. 그것을 완벽하고 아름답게 해내기 위해서는 평소 인간을 꿰뚫어보는 안목이 갖춰져 있어야 한다. 아니 한발 더 나아가 그러한 능력을 미리 갈고 닦아놓아야 한다.

## 부부라는 인간 관계

　부부란 복잡하고 왠지 엄두가 안 난다고나 할까.
이 정도로 자신을 다 드러내고 상대방에게 내동댕
이쳐지는 냉혹한 경우는 여타의 인간 관계에서는
생각할 수도 없다.

## 부모와 자식

부모는 자식이 태어난 순간부터 시시각각 이별을 향해 걸어 나갈 채비를 해야 한다. 부모가 자식에게 해줄 수 있는 멋진 일 중 하나는 언젠가 닥칠 이별을 담담한 마음으로 근사하게 해내는 일이다.

자식을 키우면서 최종 목적은 완전히 독립한 자식 앞에서 아무렇지 않은 듯 모습을 감출 수 있는 것이다. 내가 베푼 것을 상대방에게 일일이 확인받고자 하는 일반적인 인간 관계에서는 좀처럼 어려운 행위이다.

인간이 동물이 아닌, 이성이 있는 인간이 되고서부터 그것은 오히려 더 힘들어졌다. 그러나 부모의 진정한 애정이란 본래 사심 없는 사랑이니까.

## 긍지를 가지게 하는 것

아이들에게는 일단 칭찬부터 해줘야 한다. 그것은 효율성을 제일의 목표로 하는 교육적 테크닉의 문제는 결코 아니다. 그것은 인간에게 대단히 소중한 것…, 바로 긍지를 가지게 하는 것과 연결된다. 긍지라는 말에는 약간의 해설을 붙여야 할지 모르겠다.

그것은 존재하지도 않는 어떤 능력을 과신하는 것과는 다르다. 오히려 자신처럼 능력이 없는 사람에게도 남에게 무언가를 해줄 수 있다는 놀라움과 행복감, 그리고 자신감을 만끽하게 하는 신비한 힘이다.

## 해주지 않는다고 불만 갖지 않는다

　노인성 불만은 하나의 독특한 형태를 취한다. 다름 아닌 상대방이 무엇을 해주지 않는다고 불만을 드러내는 일이다. 받는 것, 남이 해주는 것을 당연시 여기면 그야말로 이젠 끝장이라고 내심 생각해왔다. 왜냐하면 받는 것, 남이 해주는 것을 기대하는 한, 인간은 언제까지나 만족할 수 없기 때문이다. 그러나 조금이라도 다른 사람에게 베풀 수 있다면 그 순간부터 인간은 만족이란 걸 알게 된다.

　진정으로 사람의 마음을 구하는 것은 그 당사자에게 베풂과 동시에 타인을 위해 베푸는 즐거움을 가르치는 것이다. 앞으로 더욱 늘어날 노인들에게 소중한 것은 죽는 날까지 계속 활동하고, 얼마나 그

리고 언제까지나 받는 쪽이 아닌 베푸는 자의 영광
을 유지하느냐일 것이다.

## 꿰뚫어본다

장남 내외와 살면 큰며느리는 끝까지 책임감을 가지고 시어머니를 돌봐주니 그다지 상냥하게 할 수만도 없다. 시어머니가 뭐라 부탁해도 "거기 있잖 아요."라고 말하기도 하고.

그런데 가끔 둘째 며느리가 찾아와 "어머님 건강 은 좀 어떠세요, 지난번 감기 걸리셨다는 말씀을 듣 고 많이 걱정했습니다." 하며 맛있는 것을 가져와서 세 시간 정도 친절 공세를 펴고 돌아가는 경우가 있 다.

이럴 때 둘째 며느리의 성품이 좋다고 칭찬할 수 있지만, 중요한 것은 그 부모를 모시지는 않는다는 점이다. 그런 것을 꿰뚫어볼 줄 아는 현명함이 필요

하다. 가장 힘든 일을 하는 당사자는 그 사람을 받아
들이고 외면하지 않는 쪽이다.

## 타인을 대하는 자세

똑같은 일을 하더라도 어떤 사람에게는 나무라는 편이 좋을 때가 있고, 또 어떤 사람에게는 "좋아, 알면 됐어, 그래 잘했어" 하며 격려해주지 않으면 안 될 때가 있다. 이유는 그 사람의 정신 상태, 가정 환경, 타고난 성격, 그리고 지금 사회가 처한 상황 등등을 고려한 후에 종합적으로 판단해야 하기 때문이다. 따라서 엄격한 규칙을 만들면 안 된다는 말이다.

"그 사람의 마음을 얻기 위해 그 사람처럼 되었습니다"라는 유명한 성 바오로의 이야기가 있다. 특별히 아부를 하면서까지 그 사람처럼 되라는 말이 아니라, 다른 사람의 영역에 들어가면 자기 주장을 하지 말고 그 사람의 방식에 따르라는 말이다.

## 지금 내 앞에 있는 사람

　나는 그리 열성적이지 않은 가톨릭 신자로서 예전부터 하느님은 어디에 계시는가에 대해 하늘나라라든가 심장이라든가 오른쪽 뒤편이라든가와 같은 유치한 발상을 종종 해왔다. 그러나 성서를 보면 하느님은 우리가 늘 상대하는 사람 속에 있다는 신학적인 위치 관계가 명백히 기술되어 있다. 다시 말해 의사라면 지금 내 앞에 앉아 있는 환자 안에 하느님이 계시다고 생각함이 타당하다. 때때로 그 하느님은 중병의, 마음이 시무룩한, 비참한, 가난한 사람의 모습을 하고 나타난다.

## 나쁘면서 좋다

농약은 좋으면서 나쁘기도 하고, 사람 역시 나쁘면서 좋기도 하다. 핵심은 사용법에 있다. 인간은 (자신을 보면 알 수 있겠지만) 반드시 변변치 못한 부분이 있게 마련이지만, 장점이 없는 사람은 없으니 장점에 눈을 돌려 평가해야 한다.

전부 좋아서 좋아하는 것이 아니다. 결점을 냉정하게 확인하면서 능숙하게 다룰 줄 아는 지혜가 요구된다.

## 싸우지 않는다

　싸우고 싶은 마음을 억누르기 위한 몇 가지 방법
이 있다.

　첫째로 싸우고 싶은 마음은 용기가 있어서라기
보다는 반대로 겁을 먹었기 때문이라는 것을 자각
한다. 둘째로… 아니, 둘째는 없다. 셋째도 넷째도
없고, 다섯째 정도에서 어쩌면 그토록 싸우고 싶어
하는 것은 혹 몸 상태가 좋지 않은 탓이라 생각할
것. 질병을 자각하기 전에 환자들은 정말 투쟁적이
되게 마련이다.

　그리고 마지막으로, 이것은 내가 가장 선호하는
방법인데, 이처럼 파괴적 기분이 들면 만사 제치고
이불을 뒤집어쓰고 그냥 자버린다. 이것은 해결책

이 아니라 어물쩍 넘기는 방법이지만 기껏 해봤자 팔십 평생, 가끔은 대충 넘겨도 충분히 살아갈 수 있다.

남을 기만하는 것은 나쁜 일이지만, 조금이라도 누군가를 속이지 않고 살아갈 정도로 곧은 사람도 좀처럼 없다. 그러므로 나는 누구에게든 많이 속아 넘어가려는 마음으로 살려 한다.

## 원망했던 사람

인간 사회란 오묘하여 옛날에 몹쓸 사람이라고
생각해서 그 존재를 원망했던 사람이 나중에 다시
생각해보면 나를 강한 인간으로 만들어주었음을 알
게 될 때도 있다.

## 화가 나면

상대가 일을 그르치게 하려거든 그를 화나게 하는 것이 제일이다. 모든 싸움이나 투쟁이 다 그렇다. 화가 나면 인간은 영락없이 허점을 보인다.

## 약하니까 강한 척한다

남자든 여자든 벌컥 화를 내는 사람은 일단 약한 사람이다. 벌컥 화를 내는 순간 인간은 공격적이 되고 강자처럼 보인다. 그러나 그것은 히스테리 외에는 아무것도 아니다. 약한 인간은 직시하고 조사하고 분석하는 것을 두려워한다. 자기 자신도 그 대상이 되어 분석당하는 것이 두렵기 때문이다. 그러나 진정 강하다면 화내기 전에 일단 대상에 대해 차분하게 자료를 모으기 시작한다. 그 대상이 좋다 싫다 그런 것은 맨 나중 문제다. 좋아하든 싫어하든 인정하든 거부하든 일단 대상에 대해 알아야 한다.

## 대부분 모른다

사람은 자신 이외의 다른 사람에 대해 거의 모른다. 아니, 자신의 일조차도 잘 알지 못한다. 인간의 쓸쓸함의 근원은 그러한 것에 있는 것이 아닐까.

## 가볍게 생각한다

　내 아들은 지금 스물두 살이지만 요즘도 가끔 나는 화가 치솟을 때가 있다. 바지를 쇠똥처럼 벗어두거나 자기 칫솔을 구별 못해 남의 칫솔을 쓰거나 하기 때문이다. 예전에는 그럴 때마다 화를 냈지만, 요즘에는 스물두 살이 될 때까지 가르치지 못한 것은 나의 불찰이라고 생각을 바꿨다. 그 다음부터는 나의 실패라는 점을 분명 인정하고 불평을 늘어놓자고 마음먹었다.

　나머지는 아들의 책임이다. 아들이 평생토록 남의 칫솔을 쓰면서도 별 탈 없이 살아간다면 뭐 그래도 괜찮겠고, 여자에게 "뭐야, 불결하게"라는 말을 들어가며 칫솔로 머리를 맞아도 좋고, 어떤 식이든다 좋다는 여유를 갖게 되었다.

오히려 나의 불찰로 미안하다는 생각도 든다. 그렇게 마음먹으니 뭐 그다지 화도 나지 않게 되었다.

## 정의보다는 친절

젊을 때에는 정의가 중요하다고 생각했다. 물론 나도 정의를 대단히 좋아하지만 나이가 들면서 정의라는 명분상의 정열을 앞세우기보다는 마음에 들지 않는 타인에게도 친절을 베푸는 행위 등이 훨씬 어려운 자세이며, 위대한 덕이라는 것을 알게 되었다.

## 한 마디 말의 배후

사람의 성격이란 본디 가족조차도 이해 불가다. 누구나가 억제하는 부분과 일부러 드러내는 부분이 있기 때문이다. 누구의 말도 잘못 들릴 수가 있고 잘못 읽힐 수도 있다.

그리고 한마디 말의 배후에는 나의 체험에 의하면, 반드시 이중적이 되고 거슬리는 부분이 있으며 그것들의 혼탁을 다 말하려 들면 사람은 한없이 자기 얘기를 늘어놓아야 하는 무례를 범하지 않으면 안 된다.

그것은 남들을 성가시게 하는 자기 위주의 표현이므로 대부분의 사람은 이해하는 것을 포기하고 오해했다면 용서하는 길을 선택하게 된다.

## 용서한 것처럼 행동한다

용서에 대해 성서는 여러 구절에서 강조하고 있
다. 그중 "칠의 칠십 배까지 용서하지 않으면 안 된
다."라는 말이 있다.

그것은 분명 마음에서 우러나 용서하라는 말이
아니다. 상처를 입었는데 그 상처가 어떤 후유증도
남기지 않고 깨끗이 나은 사람이라면 그 기쁨의 대
가로라도 상대를 쉽게 용서할 수 있을지 모른다.

그러나 강도에게 눈을 잃은 사람이 바로 상대를
용서할 수 있을까. 그리스도교는 그럴 때 하나의 타
협안을 제시한다. 마음으로 용서할 수 없어도 좋다.
다만 행위만은 용서한 것처럼 하라는 말이다. 이기
적인 인간이라는 성질을 간파한 이상, 그것이 유일

한 돌파구라는 것일까.

## 손해본다

인간이라는 증거는 손해를 볼 줄 안다는 점이다. 여기에 덕(德)은 촉매제가 될 것이다. 이것 없이 인생은 잘 연소되지 않는다.

## 숲 속 한 구석에 서 있는다

숲 속 한 구석에 서 있으면 문득 나는 마음이 편해진다. '미워하며 사는 것도 사랑하며 사는 것도 다 한가지' 라는 생각이 든다. 그렇다면 '미움 받으며 사는 것도 사랑받으며 사는 것도 매한가지' 일까 하고 생각하니 우스워진다.

## 사랑, 형식부터라도

혹 사랑에 내용이 채워지지 못할 때에는 형식부터 잘 갖추어도 괜찮다. 마음속에는 시커먼 증오가 들러붙어 있어도 참아내며, 최소한 상냥하게 미소지을 수 있다면 그것 역시 일종의 사랑이다.

# 돕는다는 것

인간을 돕는다는 것은 눈앞에 있는 한 사람이 아주 조금이라도 행복할 수 있다면 하는 바람에서 행하는 것이다. 그러기 위해서는 최소한 마음이나 노력, 금전, 혹은 무엇인가를 내놓지 않으면 안 된다. 그중에서 가장 편한 것은 가능한 범위 내에서의 물질적인 도움이다.

그러나 만일 성 라자오 마을을 방문한다면 다른 것은 안 해도 좋으니 환자 한 사람, 한 사람과 악수하며 손가락 없는 손을 꼭 잡아줄 일이라고 나는 생각한다. 그것만으로도 말은 통하지 않아도 우리는 이 힘든 세상을 함께 살아가는 인간 동료임을 표현할 수가 있다.

## 마음으로 한다

인간을 죽음에서 구한다는 뜻을 지닌 그리스어 두 단어를 배운 적이 있다. 하나는 '소조' 라는 말로 죽음에서 '구하다, 살리다, 보존하다, 지켜보다, 마음에 두다, 기억하다' 라는 의미이다.

또 한 단어는 '세라페우오-' 인데, 이것은 '세라피' 의 어원으로 '치료하다, 치유하다, 섬기다' 라는 의미이다.

여기서 보면 병을 고치는 일은 철저하게 인간적인 행위라는 생각이 든다. 일단 상대를 확실하게 마음에 두는 것에서부터 시작한다. 그리고 그 사람의 고통이나 병상을 지켜보고 기억한다. 환자는 어쩌면 투정을 부릴지도 모른다. 그러나 치유하는 사람

은 그 환자에게 으스대며 명령하거나 나무라는 것
이 아니라, 오히려 섬긴다는 해석이다.

　인간이 인간을 소중히 다룰 때 환자는 죽음으로
부터 구해진다고 그리스인은 생각한 것이다.

3부

적당히 한다

## 마음대로 되지 않는다

나는 소설을 쓰면서 다양한 직업의 많은 사람들을 만났는데, 그들의 생활은 어떤 의미에서는 자신들의 의도와는 다르지 않았나 하는 생각을 하게 된다. 신문 기자든 화가든 모두 자기가 한 일을 놓고 '이런 쪽으로도 좀더 잘 될 수 있었을 텐데…' 하는 아쉬움을 갖고 있다. 소설가가 이런저런 소설을 쓰고 싶다고 생각했어도 정작 완성되었을 때 보면 처음과 달랐던 것과 마찬가지일 것이다.

나는 이처럼 마음대로 되지 않는다는 데에서 인생의 아름다움을 발견할 때가 참 많다. 정말 뭔가 자연스러움이 느껴지고 '아, 저렇게 유능한 사람도 이런 식으로 그냥 흘러가는구나, 나도 이 정도밖에 못

되었다고 큰 불평은 말아야지.' 하는 생각을 하게 된
다.

## 어떻게든 끝까지 한다

그래도 재미있다고 생각되는 것은 번뜩이는 듯한 천재는 의기소침해지기 쉬워서 나중에 보면 이류 또는 삼류들만 남는다. 그들은 성적이 나쁘면 나쁜 대로 어떻게든 계속해 나가기 때문이다. 어떻게든 계속한다는 것은 재미있는 일이다. 이것도 나름대로 의미가 있다. 당당하고 훌륭하게 하는 것이 아니라, 대충대충 하고 있지만 어쨌든 끝까지 해내니까 말이다.

다 잘하려는 마음을 버린다

뭐 그리, 이것저것 다 완벽하게 하려고 고심하지 않는 게 좋다.

실은 처음엔 실패가 두려웠지만 여러 번 실패하다보니 사방팔방에 틈이 생겨 의외로 통풍도 잘 되고 쾌적하다!

## 바로 결정하지 않는다

당황스러울 때는 결코 결론을 바로 내어선 안 된다. 마음이 흔들릴 때 장래의 방침 같은 걸 정하면 터무니없는 일이 되고 만다. 어찌됐든 괴로운 일이 있으면 시간을 그냥 흘려보낸다. 그러다보면 결국 이렇게 하면 좋겠다는 길이 차분하게 떠오른다. 그 때까지 둔하고 굼뜨게 기다릴 일이다.

## 매사 적당히

편한 곳에서는 건성으로 적당히 한다. 자신이 너무 잘한다는 생각이 들면 거만해지므로.

매사 적당히 하려고 한다. 완성시키지 못하더라도 할 수 없다고 마음 편히 생각하고 있다.

## 도피도 생각해둔다

오직 한 길에 매달리는 정열도 중요하지만 도피할 길을 생각해두는 여유도 있어야 통풍이 좋고 차분함을 준다.

직시한다

나이 먹는 것뿐만 아니라 모든 것을 직시해야 한
다. 똑바로 바라보는 것이 최선이다. 피하면 점점 더
두려워질 테니까.

## 완벽할 수 없다

어떤 일을 실수 없이 해낸다는 것도 기분 좋은 일이지만, 나는 어떤 일을 완벽하게 해낼 수 없다는 생각 또한 좋아한다. 날마다 어떻게 하면 좋을지 고민하고, 아마 괜찮다고 판단되는 일을 해나가지만, 그것이 실제로 최상의 방법이라고 자신 있게 내세울 수는 없다. 예외는 있겠지만 인간이 얼마나 신통찮으며, 그러한 무능을 스스로 이겨내지 않으면 안 되는 존재인지를 알아야 한다.

## 둔감한 게 좋을까 민감한 게 좋을까

행복의 양은 개인이 느끼는 정도에 따라 다르다. 둔감한 탓에 불행을 그다지 괴롭다고 생각지 않는 사람은 얼핏 보면 득을 보는 듯하나 행복을 느끼는 민감함도 없을 것이며, 행복이나 불행을 확대 해석하는 사람은 지나치게 예민해서 병이 되는 일도 있으리라.

20대에 불면증을 겪은 나는 그 후 적당히 사는 것이 중요하다는 것을 깨달았다. 스스로 그 정도의 인간이라 생각하니 자연히 불면증도 완치됐다.

4부

지금이 소중하다

## 시간이 가장 잔혹하다

하루는 24시간뿐이다. 도저히 우리 마음대로 할 수 없는 조작 불가능한 것이 바로 시간이다. 시간이 가장 잔혹하다. 시간은 최고의 성실을 요구한다. 누구에게, 어디서, 무엇을 단념하고 무엇을 선택하기 위해 사용할지 분명히 할 것을 요구한다. 그래서 나는 시간이 두렵다.

## 다 본인 책임이다

　나는 인생에서 시간이 길다고 느껴본 적이 없다.
매일매일이 짧다는 생각뿐이다. 행동거지가 느려서
인지, 할 일이 너무 많아서인지…. 어찌됐든 하고 싶
은 일이 많기 때문이겠지. 더없이 행복한 일일지도
모른다.
　너무 길게 느껴지는 시간만큼 불행한 일도 없지
않을까. 오늘 하루 무엇을 하며 지낼까 걱정하는 사
람이 꽤 많다고 한다. 그 사람은 아마 하고 싶은 일
이 없어서겠지. 다 본인의 책임이다.

## 천천히 멈춰 선다

인생을 살아가면서 천천히 멈춰 서서, 마치 바람 소리를 듣는 듯한 날들을 경험한 적이 있는가? 그렇지 않으면 어느 쪽으로 걸어가야 할지 알 수가 없다.

## 이러나 저러나 힘들다

'어떻게든 돈을 모아야지', 또는 '반드시 출세해서 상대에게 앙갚음해야지' 하고 벼를 때에는 인생이 공격적이 된다. 그 후 만사 잘 풀리고, 자식까지 튼튼하게 자라 크게 성공하고, 과거의 목적을 달성하게 되면 바로 그 순간부터 보수적인 자세를 취하게 된다. 그러면 이상하게도 자신의 터전까지 하나둘 위협받게 된다. 공격할 요량이었는데 겨우 현상을 유지할 뿐이다. 수비의 입장이 되면 금세 무너져 버린다. 그것이 숙명이라는 것이다.

## 집안일을 한다

가장 좋은 치매 방지법은 집안일을 하는 거다. 집안일은 정말 힘들다. 게다가 나처럼 낡은 집에 살고 있으면 끊임없이 이것저것 살펴야 한다. 수리할 곳도 많아 기술자 섭외도 일이다. 그밖에도 쓰레기는 몇 시까지 내놓아야 하고, 점심때까지는 우유와 닭고기와 양배추를 사러 가야 하며, 오늘은 또 날씨가 좋으니 도마를 볕에 말려야 하고, 오후에는 새로 산 블라우스의 소매 단추의 위치를 고치고 저녁에는 물을 뿌리고… 등등을 생각하면 집안일은 해도 해도 끝이 없다.

냉장고에 넣어둔 내용물을 기억하려면 여간 신경써야 하는 게 아니다. 기능이 나쁜 컴퓨터 정도의 정확도가 필요하다. 넣어둔 지 오래된 것부터 먹고, 사온 물건을 잘 활용할 수 있도록 기억하며, 용기나 도구를 두어야 할 곳에 두는 정도의 일은 치매도 걸리지 않았는데도 할 수 없는 사람이 있다. 노년이 되어도 그런 일이 가능하다면 정말 대단하다는 생각이 든다.

그런 일은 다 쓸데없다, 째째한 일이라고 말하는 사람도 있을 것이다. 그래서인지 세상 사람들(주로 남자들)은 이런 실익을 겸한 치매 방치법을 좀처럼 실행하지 않는다.

## 아침이라는 것만으로

아침은 마법 같은 환상이 펼쳐지는 시간이다. 희망이라는 평범한 가슴 설렘이 모든 이의 가슴에 근거 없이 들이닥친다. 특별히 변한 것은 아무것도 없다. 오늘도 분명 어제의 연속일 따름이다. 그러나 아침은 아침이라는 것만으로도 무조건 밝다. 사람은 어제와 똑같지만 아침은 아침마다 새롭게 다시 태어난다.

## 시간만큼은 조작할 수 없다

시간이란 냉엄한 것이다. 아무리 급해도 시간만
큼은 조작할 수가 없다. 공들여 시간을 비축해 카세
트나 비디오테이프의 빨리 감기처럼 빠르게 다른
사람보다 배 이상을 체험할 수는 없다.

당연한 일이지만 젊었을 때에는 아직 많은 사람
을 만나지 못했다. 그리고 사람이란 지금까지 자신
이 만난 사람의 수만큼 현명해진다.

## 지금 이 순간

우리는 어느 정도 나이가 들면 내일은 더 이상 살아 숨쉬지 않을 수도 있다는 생각에서 하루하루를 잘 마무리해둘 필요가 있다.

## 조금씩조금씩 준비한다

인생의 최후에 마무리라는 과정을 겪어야 비로소 인간의 본분을 다하는 것이라는 생각을 최근 들어 하게 되었다. 비참하다고 생각지 않으며 이 세상을 하직하는 날을 위해 무리 없이 조금씩조금씩 그 준비를 해나가는 것이다. 성장이 하나의 과정이라면, 이런 마무리도 근사하고 멋진 하나의 과정이다.

사라지기 때문에 이 몇 십 년 간의 생애를 아리땁다고 느꼈다. 그리고 또 사라진 채 두 번 다시 돌아오지 않는 인생이기에 '욕심 부리지 않고' 소박하게 그리고 조용하게 살아가는 것이야말로 멋짐이라 여겼다.

5부

평온해진다

## 죽었다고 생각해본다

편안하고 풍족한 생활을 당연시 여기는 사람이라면 강도로 인한 봉변은 감내하기 힘든 이변이다. 내게 충족된 일상을 일반적인 상태로 보는 습성이 있었다면, 돌발적으로 발생한 재난만큼을 충족된 상태에서 들어내야 하는 것에 대단히 분노했을 것이다.

그러나 나는 우선 내가 죽었다고 생각했다. 나의 출발점은 늘 '제로'에서 시작한다. 제로에서 본다면 아주 적은 구원도 없는 것보다는 낫다. '덧셈의 행복'과 '뺄셈의 불행' 어느 것이 좋고 나쁘다는 문제가 아니다. 단지 나와 같이 덧셈의 행복을 사용한다면 일생에 단 한 번도 좋은 일이 없었다는 사람은 당연히 있을 수 없다.

## 돈이란

돈이란 가지고 있지 않은 자가 강하다. 없다고 말하면 뺏을 재간이 없기 때문이다. 그러다보니 가진 자가 돈을 낼 수밖에는 없지 않은가.

돈이 없는 것만큼 사회에서나 세계에서나 강한 것도 없다. 없는데도 있는 척하기란 힘들지만 없으니까 없는 모습을 하는 것은 정말 편하다.

잃어버린다


얻은 것은 얻은 그 순간부터 잃어버릴 위험이 있
다. 이것은 현세의 엄연한 약속이다.

## 육체적 불편

겸허함을 절실하게 느끼게 되는 경우는 아마도 육체가 불편해졌을 때일 것이다. 이는 누구를 막론하고 마찬가지다. 그리고 겸허함을 알지 못하면 세상을 제대로 떠나갈 수가 없다. 그래서 나는 육체가 불편해지는 것 역시 필요하다고 생각한다. 만일 평생 겸허를 모른 채 살아왔다면 인간으로서 완성하지는 못했겠구나, 하고 짐작한다.

## 부당한 운명을 만날 때

인간은 부당한 운명을 만날 때 비약적으로 정신을 살찌워 왔다. 벌 받을 이유가 없는데 '늙음·병·죽음'과 같은 고통에 시달리지 않으면 안 될 때, 비로소 인간은 이 지구를 전체로 바라볼 수 있게 된다.

신앙이나 철학이 그것을 위해 생겨났다는 말을 굳이 하지 않더라도 인간은 그때에야 비로소 자신을 이해하고, 자신의 생명이 수십 년의 사명을 마치고 무기물로 돌아가는 그 과정을 '수락'하는 마음이 된다.

요컨대 그것은 인간이 스스로를 진정 성숙한 존재로 키우기 위한 최후의 선물인 것이다.

## 불행은 피하면 더 힘들다

아마도 불행이란 맞서 싸우지 않으면 안 되는 것
인가보다. 술을 마시거나 잊으려 애쓰거나 온갖 수
단을 동원해 그것을 피하려고 한다면 오히려 더 옴
짝달싹 못하게 되고 만다. 무엇보다 자신의 불행을
특별하다고 생각지 않는 마음이 중요하다고 나는
늘 스스로에게 되뇌인다.

## 행복을 감지하는 능력

행복을 감지하는 능력은 불행을 겪어보지 않고서는 길러지지 않는다. 고생을 모르면 모든 것이 당연하여 좀처럼 행복감과 이어지지 않는다.

우리는 모든 것에서 배운다. 악에서도 선에서도 진실에서도 거짓에서도 분명 배울 게 있다. 단지 좁은 안목 탓에 막혀서 그렇지.

## 다면성을 인정한다

'어른'이라 함은 인간의 다면성을 인정하는 것이다. 결국 인간 내면에 공존하는 위대함과 추악함, 관계에 대한 갈망과 거부 등의 대립적인 요소를 인정하는 것이다.

## 사이가 안 좋은 부모

내 부모님의 결혼 생활은 결코 행복하지 않았고 그 결과 나는 화목이란 것을 맛보지 못했지만 많은 것을 배웠다. 만일 내가 사이 좋은 부부의 자식이었다면 아마 지금의 절반 정도밖에는 인생을 음미할 수 없었을 것이다. 사이 좋은 부모도 자식에게 많은 것을 베풀어줄 수 있지만 흥미롭게도 사이가 안 좋은 부모도 나름대로 자식에게 엄청난 교육을 시켜준다. 비아냥거리는 게 아니다. 나의 부모는 여느 부모가 자식에게 도저히 해줄 수 없는 냉엄한 인생을 나에게 보여주었다.

나는 부모의 결혼 생활을 보고 인간의 생애는 아무리 생각해봐도 그다지 뾰족한 수가 있을 것 같지 않다는 생각을 했다. 그리고 그때 이후 나는 매사 한 발짝 뒤로 물러서서 부정적인 측면부터 바라보는 버릇이 생겼다. 그러자 인간의 어떤 생활에도 딱한 면이 있음을 알 수 있었다. 이쪽저쪽 다 용서하고, 용서하지 않으면 안 된다고 생각하게 되었다. 나는 지금도 속이 좁아 가끔은 타인과 갈등을 빚기도 하지만 그래도 선천적인 내 성격과 비교해보면 훨씬 관대해졌다.

## 결핍은 공평하다

뭔가 부족함이 없는 가정이란 있을 수 없다. 버킹엄 궁전에 사는 왕실 일가도 사람들 눈에 띄고, 의회의 간섭을 받는 등, 평범하게 살아갈 수 있는 위대한 은혜를 받지 못하다는 점에서는 빈곤하다. 하물며 소시민의 보통집에 부족한 게 없다는 것은 생각할 수 없는 일이다.

## 기다리는 길모퉁이에는 결코 안 나타난다

보고 싶은 사람은 내가 숨어서 기다리는 길모퉁이에는 결코 나타나지 않는다는 것이 나의 체험적 방정식이다. 자식에게도 세상은 결코 이론대로 되지 않는다는 것을 어릴 때부터 가차 없이 보여주어야 한다. 그리고 앞으로 닥칠 어두운 미래도 주시하게끔 할 때 비로소 그들은 낮에도 별을 볼 수 있는 능력을 갖게 된다.

## 대부분 가짜다

　언젠가 한 소설가가 쓴 글을 읽은 적이 있는데, 매우 사실적인 것은 전부 치밀한 계산을 바탕으로 해서 만들어졌다고 한다. 그냥 그대로라면 사실적이지 않다는 얘기다. 그 말이 참 재미있었다. 만들지 않으면 사실적이지 않다! 바꿔 말하면 매우 사실적인 현상이란 이 세상에서 대부분의 경우 가짜니까.

## 결혼식과 장례식

결혼한 사람들은 툭하면 싸우고 바로 헤어지고 싶다는 말 따위를 하지만, 장례식은 완결되어 있어 멋지다.

## 화보다 친절이 더 무섭다

냉혹하면 친절해진다. 또한 상대를 모멸하는 경우도 친절해진다. 화내는 것은 성실하다는 것의 표현이다.

## 평판 따위는 신경쓰지 않는다

인생을 오래 살다보면 세상의 평판 따위는 점차 신경쓰지 않게 된다. 그렇다고 전혀 상관 없는 것은 아니지만 어차피 세상도 타인도 진실을 알 수 없다는 걸 잘 알기 때문이다.

신만이 나를 알고 나의 마음을 기억하며 나의 행위를 평가한다. 그러므로 그 외 세상의 모든 평가는 일종의 그릇된 생각이라는 데에 어느 정도 수긍하게 된다.

이유 없이 비난받을 때는 슬프지만 이유 없이 칭찬받을 때도 가끔 있을지 모르니 그때는 요행이라 생각할 따름이다.

## 없어서는 안 되는 두 가지

문학에도, 음악에도 반드시 이 두 가지가 없어서는 안 된다. 그것은 기쁨과 슬픔, 행운과 좌절이다. 어느 한쪽이라도 지닌 사람은 '축복받은 사람'이다. 그리고 우리의 대부분은 그러한 자격이 있다. 행복만을 기뻐하고 불행에는 불평만을 늘어놓는 사람에게는 이해 불가능한 일일지도 모르지만.

안일도 좋고 고난도 좋다는 느낌이 든다. 고난뿐이라면 나는 금세 불만으로 눈초리가 한층 더 치켜올라가고 만다. 그러나 안일뿐이라면 다른 의미로 게으름 피우며 눈에 힘이 빠지게 된다. 그러므로 고난과 안일이 번갈아 나타나고 그 변화를 즐기면서 지치면 쉬고, 쉬고 나서는 다시 싸워보는, 그러한 기복을 맛보는 심경이 되어야 할 것 같다.

## 권선징악이 아닌 결말

내가 '욥기'를 처음 접한 건 어떤 강의에서였다. 욥이 최후에 보답받았다는 이야기 부분은 권선징악을 좋아하는 독자를 위해 후세의 복음사가가 가필한 것으로 생각한다고 배웠다. 원래 '욥기'는 하느님께 충성을 다한 욥이 조금도 보답받지 못한 채 참담한 죽음을 맞이하는 이야기였다고 한다.

나는 통쾌했다. 이토록 사람이 장렬하게 죽는 모습을, 또 평범하면서도 위대하며 무서운 운명을 그린 문학을 다른 데서는 읽어본 적이 없었기 때문이다.

나는 안심하고 이 세상의 불합리를 인정할 수 있었으며, 한편으론 갈피를 잡을 수 없다는 느낌도 들었다. 진리란 이 세상에서 결말이 나는 것도, 답이 나오는 것도 아니다. 결말도 나지 않고 답도 나오지 않으며 평가도 받지 않으므로 우리는 필사적으로 그것에 대해 고민하며 사고한다. 이것이 신의 모략이다. 그래서인지 금방 결말이 나고 답과 평가가 나오는 현실은 내 식대로 말하면 왠지 하찮은 느낌이 들기도 한다.

## 잊어버린다

한 달 만에 잊어버릴 수는 없다. 그러나 한 달은 아니더라도 십 년 정도 지나면 우리는 대부분의 생생한 기억을 잊어버리고 만다. 아니, 잊어버리지는 않더라도 그 감정은 변질된다. 그렇기에 인간은 구원받으며 그와 동시에 영원히 어리석음을 되풀이하는 것이다.

## 신의 선물

가난함은 인간다운 마음을 잃지 않게 하려는 신으로부터의 선물이다. 왜냐하면 풍족함 속에서 성장하려면 엄격한 자율 정신이 필요하지만 가난함은 예외 없이 사람의 마음에 배려와 인내심, 그리고 겸허함을 베푼다. 물론 난폭하거나 제멋대로 행동하거나 도덕성의 결여를 초래하는 일도 있지만 말이다.

## 영혼을 믿는다면

만약 영혼을 믿는다면 이 세상은 이별뿐이지만, 다음 세상은 재회뿐이다. 그것을 믿을 수 있다면 죽음이란 대단히 기대해볼 만한 것이다.

옮긴이 오경순

고려대학교 일어일문학과에서 박사학위를 받았고, 일본 무사시대학 객원
연구원을 지냈다. 현재 가톨릭대학교 겸임교수로 재직하며 일본어 전문
번역가로 활동하고 있다.
저서로 《번역투의 유혹》《한국인도 모르는 한국어(공저)》 등이 있다.
옮긴 책으로는 《나는 이렇게 나이들고 싶다》《좋은 사람이길 포기하면 편
안해지지》《여자가 말하는 남자 혼자 사는 법》《나는 5년마다 퇴사를 결
심한다》《위험한 도덕주의자》《마흔 이후 나의 가치를 발견하다》《세상의
그늘에서 행복을 보다》《성바오로와의 만남》《덕분에》《녹색의 가르침》
《날마다 좋은 날》 등이 있다.

## 넌 안녕하니

1판 1쇄 발행 2023년 3월 10일
1판 2쇄 발행 2023년 3월 17일

지은이 소노 아야코
옮긴이 오경순
펴낸이 김현정
펴낸곳 책읽는고양이

등록 제4-389호(2000년 1월 13일)
주소 서울시 성동구 행당로 76 110호
전화 2299-3703
팩스 2282-3152
홈페이지 www.risu.co.kr
이메일 risubook@hanmail.net

© 2023, 책읽는고양이
ISBN 979-11-92753-03-4 03830